Journal de Stanislas Pétrovitch

Tome I

« Aboli bibelot d'inanité sonore »

Du même auteur

Aux légions de l'azur
Vespéral de l'être
Sonnets du levant lacrymal
La transparence des bleuités
Les cimetières hallucinés
La philosophie de l'anamnèse
Brise-Poésies
Le sillage des pâleurs sonores
Brève étude psychédélique dans la psyché de Théo Anastal

Édition : Books on Demand,
12/14 rond-Point des Champs-Elysées, 75008 Paris
Impression : BoD - Books on Demand, Norderstedt, Allemagne
ISBN : 9782322267057
Dépôt légal : Mars 2021

À propos de ce journal

J'ai fait le choix de publier ce premier tome en plaquette de trente pages. Le deuxième tome et les suivants seront quant à eux davantage fournis. Comme lorsqu'on arrête l'écriture d'un journal et qu'on le reprend dans l'avenir, ces séparations en tomes marquent ce rythme. De plus, les considérations de Stanislas Pétrovitch sont assez distanciées pour qu'on sache les lire séparément. Bien sûr, un ouvrage structuré de plusieurs chapitres aurait été envisageable (quoique trop volumineux) ; mais il m'a semblé que ces considérations formaient à leur jonction des ruptures trop brutales et formaient un éclectisme qui, pour cette fois, n'était ni esthétique ni porteur de sens (en tout cas de tels dans l'unité).

À propos de l'auteur

Julien Quittelier est un écrivain, poète et romancier belge d'expression française. Poète symboliste-parnassien ayant une large reconnaissance de la profession. Publie sous plusieurs hétéronymes et dans plusieurs revues. A publié sur Le Capital des mots et sur La cause littéraire. Est spécialiste du symbolisme et de Paul Valéry à qui il a dédié Les cimetières hallucinés (L'Harmattan), prépare une thèse sur l'art poétique de Valéry. Son recueil de jeunesse Vespéral de l'être (ELP) a été salué par les plus grands poètes classiques contemporains. Publie son premier roman-OVNI chez BoD (2021).

Premier tome

« Aboli bibelot d'inanité sonore »

Ce dont nous parlons tous, à tout bout de champ — dans nos plaintes et dans nos convictions sur la politique ou la décrépitude de ce monde — c'est bien de la vérité (mon clavier d'ordinateur est une vérité). Or, ceci dit, tout cela est du vent (comme mon clavier). Chacun des phonèmes n'est que subjectif — si ce n'est que pour blaguer, Hermès Trismégiste a encore (encore !) des adeptes mais aucun temple dans lequel ces adeptes se réfugieraient ; à ce qu'on radote, les initiés se comptent dans les algorithmes de la grande civilisation informatisée, ils sont dans une cellule nommée « pas du tout sine qua non » (parfois, oui, on donne raison aux robots). Si tout se vaut (ce qui peut être le cas en ce qui concerne la philosophie), rien ne vaut ; cette conception, nihiliste, au lieu d'être fabulatrice, est susceptible d'éployer des routes et des brouillards de pensées, si ce n'est supérieurs, purs. Chaque soupire est un mensonge. Chaque cercle trigonométrique une peinture surréaliste dont la tangente nous observe sans que nous sachions pour autant l'objectiver. Nous sommes confrontés, tout rougis, au subjectivisme (seul Graal de notre civilité). Exactement là où Camus se trompe (ne voyez pas ma critique qui ne ferait de Camus que le chantre d'élucubrations pasticheuses...), autant l'écrire ici même, c'est quand il écrit —

ressent — la première phrase du Mythe de Sisyphe ; car, tout bien considéré, ce n'est juste qu'une partie de nous (même infime) qui provoque l'idée du suicide ; le propos de Camus est largement englobant car, mais il faut bien dire que je ne suis pas dans l'anatomie de tous les suicidés, c'est une partie, interne ou externe, qui provoque une enveloppe mortuaire et qui fait focaliser le suicidé sur l'ensemble de son existant ; le suicide est une dialectique minimalisante englobant qui n'esquive pas le joug des convictions et des supputations, la thèse appartient aux neurosciences, à la peinture et à la poésie. Il y a un tropisme entre une objectivité partielle et une subjectivité envahissante : le radotage. Je dirais donc que la seule question qui mérite d'être posée en philosophie, c'est quelle partie dans nous-mêmes voulons-nous abolir, fuir ou ignorer ; déconscientiser. Si la vie mérite ou non d'être vécue, c'est bien sur ce postulat qu'il faut se creuser les méninges, ce n'est jamais l'existant dans sa globalité physique et existentielle qui souhaite répondre à cette question, sa seule subjectivité l'en empêche. Mais il faut différencier l'existant d'une partie de l'existant obsolète, en crise. Deuxièmement, le suicide n'est pas une question ni une rumination, ni une lettre, une courbe, un trait, une virgule, etc. C'est peut-être dans les états les plus critiques que nous trouvons une once d'objectivité, le suicide n'est pas le non mais il est le oui (il va s'en dire que ce n'est pas le cas dans la conception de Kierkegaard). Une crise philosophique, à l'âge de XXX, m'a fait prendre conscience qu'une banale timidité peut chambouler vers des circonstances les plus dramatiques et défavorables. Cela dit, non va sans dire, un rien du tout de bec de lièvre peut ruiner un individu. Cette crise se traduit par un désintérêt pour les choses intellectuelles et religieuses. J'ai tellement été déçu par Nietzche, cul de bœuf, et par Schopenhauer, tourniquet de libellules, que je m'imagine que toutes les philosophies ne font que cliver et paraphraser, avec emphase, écartant tout net l'émotivité et les diverses émotions que l'on peut, ou que l'on doit, ressentir à la lecture de lettres capricieuses (la poésie et le roman, etc., contiennent, parfois, davantage de philosophie que dans les traités des plus éminents philosophes et penseurs) ; chat dans la gorge. Cette crise se traduit aussi par celle de la poésie, où tout me semble tiède, redites, lamentations sanctifiées, monopoles personnalisables, etc. Reste le roman, qui fait pile ou face. Cette crise philosophique exhale de ce fait (fait anxieux et malheureux) ce que Baudelaire décrit si bien, non va sans dire : l'ennui (qui n'est rien de plus que de l'introspection). Je parlerai d'un philosophe (qui ne s'autoproclamait pas tel) auquel j'accorde une estimable valeur (en dehors de l'académisme) et qui, de bribes en bribes, me console, me fait sourire tout en brisant la glace (image chère à Kafka). Il s'agit, chez ma personne, d'une vie absurde (en tout cas comme l'ont décrit les écrivains de l'absurde). Sur une échelle plus ou mois planétaire, ma condition socio-économique souffre d'apathie et d'aphasie ; ou, de mutisme. Je suis pauvre et je ne suis pas assez clean pour présager une existence où quelques kopecks me tomberaient des grands ciels qui ne servent à rien ; mis à part ces spleenitiques nuages qui, semble-t-il, extasient Baudelaire dans ses poèmes en prose ridicules. En parlant de cela, ce qui me désespère davantage, ce sont les littératures surfaites (Guyau, Sartre,... et, moyennement, Hugo). Je suis à deux doigts de dire que les livres de Bachelard sont des délits culturels (on se passerait bien de l'anima et de l'animus, de la cave et du grenier ; bien que le complexe de Prométhée me plaise, etc.). Or, s'il s'agit, je ne me suis pas présenté : je m'appelle Stanislas Pétrovitch. Patronyme subjectif. J'ai eu une telle répulsion de mes livres que je les ai rangés dans des cartons soigneusement disposés dans ma cave où des rats pianotent une rythmique de sérénade.

L'esprit critique, celui que l'on apprend soi-disant à l'école, n'a aucune once d'utilité en littérature et en philosophie (je suis doctorant en philosophie et je prépare ma thèse sur Kierkegaard, à mon grand dam). La poésie est une grisaille de cris d'orfraie. L'un, cela paillette ; l'autre creuse son sépulcre. Nietzsche, dans l'une de ses préfaces, a quand même du tact pour prétendre que nul ne saisit son oui et son non (eût-il fallu un chouia de constance, pour ainsi dire de métrique, pour que lesdits oui et non aient une personnalité affirmative ou négatrice). Il faudrait reconnaître que Zarathoustra est son plus mauvais livre : les redondances dilapident. L'autre jour, et vous savez j'étais pourtant très inspiré, je lisais Les mots de Sartre ; j'ai été paralysé de lenteurs et quelque peu dans le gaz par des circonvolutions neurasthéniques (non hystériques) ; quant à ce Balzac je n'en parle même pas, gros sabots, myopie, ronflements, queue de boudin. Plutôt…Je ne vis pas une vie absurde car je ne connais pas la réalité (en règle général de propension omnisciente), je vis une vie littéraire absurde, une fabulation absurde, une imagerie absurde. Je croyais bien trouver du potable avec Robert Walser (sa fin présageait une œuvre de qualité) mais la déception cuisante a tout bonnement refermé le livre aux premières dizaines de pages, à vrai dire je ne sais pas l'expliquer, cette simplicité (qui n'est pas de la fausse naïveté) m'a fait penser, voilà la même chose, à du délit culturel (quoique il faudrait bien admettre que l'affaire des microgrammes est fascinante, en quatre mille pages, c'est ici à saluer). L'une des boutades (dû à l'enseignement et au mimétisme, mais surtout au manque d'intelligence, etc.) des écrivains c'est qu'ils sont obsédés par la graphie (la courbe, le rond, l'accent, l'agencement, etc.). Jamais il ne leur vient à l'esprit que leurs créations puissent être lues à haute voix. Car (oui : car) l'ouïe est primordiale et pour ainsi dire défriche ce que la répétition — diaphore, antépiphore, etc., pensante ne sait, en aucun cas, favoriser ou suggérer. Si tel était le désir de Nietzsche qu'il soit appris par cœur (pour ensuite le réciter à l'asile), l'instrument qu'est l'ouïe devrait participer à l'apprentissage de ses non-sens et de ses contradiction — or, contradictions mémorables ; l'ouïe est davantage propice à la poésie, thèse tout compte fait bien prosaïque, si nous considérons que la poésie est premièrement un chant (même la variété française a encore le culot, en préservant ce patrimoine, de faire des rimes, et des rimes pas plus vilaines que ça) ; et nous constatons qu'il est de plus en plus de lectures à haute voix, ce qui confère toute la magie, l'ésotérisme et une vue d'ensemble de l'architecture sans précédent de textes de tous bords — pour ma part, la lecture murmurée est la plus encline à produire des effets tant émotifs qu'intellectifs. Dire que la subjectivité n'est pas le subjectivisme, ce me semble un tantinet embrouillant (mais vous voyez qu'on s'écarte de là où, déjà, on s'écartait…). Où se nicherait le plus d'existant dans les trois stades de Sörel Kierkegaard : à savoir le stade esthétique (qui n'est ni amoral ni immoral), le stade éthique et le stade religieux ? Voici ce philosophe qui a tenté de jauger la subjectivité et qui a cherché, comme nous tous, un semblant d'objectivité (la vie n'est qu'une multitude de vues d'humains qui agonisent). Pareillement, ce psychanalyste-déterministe-de-regret (mais qui s'en éloigne par les mêmes postulats) n'a d'autre argument que celui qui psalmodie que la vie éthique ne commence qu'à partir du moment où l'on sait qui l'on est (pour généraliser tout en le paraphrasant : « qui l'on est »… et bien des désespérés conscients ou inconscients, c'est bien ici l'art de noyer le poisson comme tel et tel philosophes). Parmi la quantité monumentale de son œuvre (œuvre précise, représentant une vingtaine de volumes) nous pouvons constater parfois de l'humour, parfois de l'ironie, mais aussi et surtout un désir de ne pas déroger à ses conceptions fécondées, dit-il, plutôt d'un penseur que d'un philosophe (il ne s'est jamais revendiqué philosophe). Chantre de l'existentialisme (Sartre a pioché à sa guise) son œuvre exhale que c'est la liberté véritable qui est celle qui va avoir le courage de dire que tout ce qui nous précède est ce qui nous constitue. Il m'est loisible de dire, aussi, que tous les termes, enfin que presque tous les termes, peuvent être mis entre guillemets (et c'est bien sinistre) : certains ne le classent pas existentialiste. Mais il faut bien tenter de nommer les choses : « philosophe », « psychologue », « existentialiste », « penseur », et pourquoi pas (croyez-moi) « déterministe » ? Les guillemets sont les garants de notre entendement. Mais encore… Voilà dans quel fatras je me trouve. Mon patronyme russe pourrait vous faire songer que la littérature russe a mes aises alors qu'il n'en est rien (j'ai vendu Les frères Karamazov pour un euro, en brocante). J'ai emménagé dans un studio dans une ville que j'affectionne beaucoup, je m'égare à contempler l'architecture 19ème, il m'arrive de tourner bourrique (mes cercles sont systématiques), je photographie çà et là des essaims de touristes, je bois une bière en terrasse à la guinguette des bourgeois, je fume et je fume encore. L'annotation à Kierkegaard n'était pas anecdotique (déjà parce que je ne fais que le lire pour ma thèse) et n'avait pas une modalité de remplissage ; car, voyez-vous, depuis que j'ai emménagé, j'ai l'impression de comprendre ce philosophe ou ce « philosophe », certains diront mineur, d'autres incomplet, mais pour ma part je cogite sur le deuxième stade même si, voyez-vous, nous ne sommes plus au 19ème siècle. Vous avez cerné : je suis célibataire. Et, de toute façon, je n'ai pas (drôlement) le désir de papoter sur le judéo-christianisme. Les gens sont souvent (sauf quand ils font exprès d'être indifférents) surpris par mon prénom et par mon nom. Jusqu'à l'âge de six ans, j'ai vécu en XXX. Ma mère avait de la famille à XXX et à XXX, et j'ai ainsi vécu chez mon oncle et ma tante jusque mes XXX. Je n'ai plus jamais vu ma mère et celle-ci est décédée quand j'avais XXX. La misère et l'impossibilité de me mettre en pension (de subvenir à mes besoins élémentaires…), lui avait fait prendre cette décision ; à ce moment-là tout et n'importe quoi était considéré comme classe moyenne (comme c'est toujours le cas dans les pays de XXX et les pays de XXX). Pour l'instant, je prends la peine d'écrire ce journal car beaucoup de carcans et microcosmes de la société me font me diriger vers des lieux plus spirituels, bien que même en ces lieux la consolation se fait attendre. C'est un grand poète, je crois, Dagerman, je me souviens de cette phrase : Notre besoin de consolation est impossible à rassasier. Celle-ci aurait pu couronner l'œuvre de Kierkegaard. L'autre fois, je lisais Saint-John Perse en terrasse (j'attendais mes croquemonsieurs). C'est dès lors que j'ai eu une « tétanie de prosaïsme ». Systématiquement, le philosophe vient au poète ; le contraire se fait de façon parcimonieuse. Il faut bien dire que l'imagination n'est pas la construction d'une image mais bien la déconstruction, il se peut qu'il y ait un entre-deux, des intervalles, des jonctions, des parallélismes. Je me suis intéressé aux techniques d'hypnose et de magnétisme, non par la cause d'un trouble quelconque, mais par pur intérêt ésotérique. J'ai pratiqué quelques années le spiritisme sans plus de manifestation que de bizarrerie. En fait, j'écris ceci car je n'ai rien d'autre à faire que travailler sur une thèse dont le sujet principal m'ennuie (non Kierkegaard mais bien parce qu'il faut l'introduire dans une thèse propre et infaillible) fortement et auquel je n'accorde aucune valeur intellectuelle et sentimentale. Il faut avouer, clair et net, que Sörel Kierkegaard comme épreuve pour devenir docteur en philosophie ne m'enchante ni ne me transcende au point de sacrifier le peu de temps que j'ai pour écrire librement ces quelques notes d'autant plus palliatives. Tout ce que je peux dire encore sur ce « philosophe » est que nous sommes tous des désespérés, dos-d'âne, et ce soit en ayant conscience soit en étant des inconscients. Ensuite, il y a le phénomène du « fini » et de « l'infini », « l'irréalité », « la construction du moi », « la nécessité », « le possible », etc. Vous ne sauriez pas vous substituer à mon quotidien de doctorant en philosophie, mais il en découle une probante détresse psychique et une certaine affinité avec l'hystérie (oui, je suis hystérique). Ne vous méprenez pas, car bien entendu j'ai eu le temps de la réflexion. Mais plus cette thèse progresse plus je me vois foncer dans un mur car j'ai tout simplement un goût prononcé pour le roman et la poésie (tropisme inhérent), en fait, non, ce goût prononcé pour le roman et la poésie s'est amplifié au cours de mes études de philosophie que je trouvais de plus en plus futiles et inutiles, vous voyez bien, comme je me retrouve dans ce guet-apens qui… et bien certainement oui : qui uniformise. Je suis dans mon studio à XXX (aux abords de XXX), sans contact proche, éloigné de la lointaine famille, avec pour seul objectif cette thèse absconse, et j'écris, et j'écris en toute liberté ce qui me vient à l'esprit, ceci dit « en rêve » serait plus adéquat. Ce qui m'a le plus dégoûté, ces philosophes dégoûtants, vraiment, le plus, c'est le sage Spinoza et le monacal Kant. Vraiment, je vous l'avoue : la philosophie ne sert à rien (en tout cas la philosophie-philosophie, et pour être plus modeste ne se rapportant qu'à ma propre personnalité). La loi morale…. La loi morale… et bien moi je suis seul et je crève. La faculté de juger : là encore je crève et je suis seul ! Tout ce temps consacré à ce qui sera l'oubli ou l'indifférence. Non, moi je rêve de plages, de montagnes, de randonnées, de bonnes bouffes, de cuites ; je rêve de pioncer, de faire l'amour, de vagabondages ; et d'écrire tout et n'importe quoi et cela n'importe quand, n'importe où ; sans contraintes, sans juges, sans académisme ; sans structures, sans subjectivité, enfin… sans être camisolé. Je ne comprends pas notre époque quand rien n'accorde de la valeur à l'individu : je veux être un sauvage, me civiliser de notion pure, me gratter les couilles sur les boulevards et dans les rues piétonnes (j'y fais mes joggings de nuit, plus ou moins quarante minutes, je traverse la grand-place et la gare qui est encore en construction). Cette phrase précédente sonne tellement plus vraie que « Kierkegaard a fait, a dit, a pensé, est né, vient de, a été inspiré par, a inspiré, est le chantre de l'existentialisme, etc… » Mais il faudrait, par politesse, passer à d'autres sujets de conversation, pour vous, mais aussi pour ma dignité (nonobstant le fait que je relirai ce journal intime), ce que vous aurez compris est que cette thèse me répugne, me débecte, m'envahit. Je sais bien que vous n'êtes pas psychologues, enfin, vous l'aurez compris. Je me souviens bien, à la date du XXX, j'ai été au tabac, j'ai acheté un paquet de cigarette (un XXX) à six euros, j'ai donné dix euros au gérant et je lui ai demandé de garder la monnaie, il m'a dit : « Merci Monsieur ». Ensuite, j'ai été au supermarché et j'ai acheté des pâtes (un kilo) et du jambon (le jambon je l'achète tous les XXX à la boucherie), je me souviens bien que j'ai payé par carte bancaire. Après tout ceci, j'ai vu Nathalie, je lui ai demandé si elle allait bien, elle m'a dit « ça va ! ». Je lui ai juste répondu assez timidement : « Moi aussi… ». Tout ça, j'en suis persuadé, s'est passé à la date du XXX, et je me souviens même qu'après je me suis fait à manger et que je me suis reposé ensuite, je me suis dit à moi-même : « C'était une belle journée ». Mis à part les événements mémorables, ce genre de choses routinières rassurent et gonflent la civilité d'un homme pour qui le seul endroit respirable n'est rien de plus que son studio de vingt-cinq mètres carrés ; ceci dit, en soustrayant la tristesse de cette vue d'esprit, ce moyen privilégie le mouvement de l'imaginaire et de la spiritualité.

Aujourd'hui, j'ai écrit dans ma thèse : « l'existentialisme ne saurait être un déterminisme » (dirait-on perspicace…), et puis j'ai lu de la poésie Tang en guise de symbiose. Ah oui ! J'oubliais : Nathalie est étudiante en master de philosophie. Je la croise de temps en temps, à l'heure diurne, dans les périodes d'affluences ; car, voyez-vous, je suis peut-être un ermite mais, souvent, très souvent, je fais des virées nocturnes à XXX, c'est la meilleure solution que j'ai trouvée pour que mon crâne se remette en place, brut et net. Là, je vais vous dire, je pense surtout à des vers de poésie comme ceux de Villon ou de Heredia ; c'est en ces périodes que l'angoisse de la thèse est la moins turbulente car mon attention est majoritairement tournée vers des pensées individuelles qui ratifient les éloquences du grand Kierkegaard et qui, en quelque sorte, le ravalent pour ma plus féconde sérénité. Et même la nuit, j'en suis témoin, les fontaines sont fonctionnelles. Après ces virées, il m'arrive, et même très souvent, d'écrire de la poésie à la condition qu'elle ne comporte aucune bribe philosophique (car elle est déjà intrinsèquement philosophique). Et ça oui ! Quand je lis Karl Jaspers, je succombe, je range le livre et je le dévisage ; cela est bien la vérité et je ne m'en porte pas plus mal. Enfin, mes lamentations doivent vous déranger, lamentations qui, j'en ai pleinement conscience, sont des lamentations de privilégiés ; mais gardez-vous d'un jugement trop hâtif : je ne suis ni bohème, ni bourgeois, ni toute autre chose de respectable ou de haïssable. Je suis un mélange entre le surréalisme et le cartésianisme : je rêve (mais, attendez, je vais exemplifier…) Je suis quelqu'un d'absolument isolé, à la différence de beaucoup de personnes, je ne suis pas débrouillard, ou, disons-le plus clairement : inapte. Bien sûr, je pourrais arrêter ma thèse, trouver du travail (comme enseigner), me secouer un peu, tout en étant moindrement égocentrique (cela doit déjà commencer par vous rebuter). Mais comme me l'avait dit une institutrice : je suis un incapable et un fainéant. Jules Laforgue me donnerait raison, en fin de compte pour certaines strates de ma vie, en faisant fi de ma condition de privilégié, et faisant fi de mes lamentations toutes plus exagérées les unes que les autres ; je le conçois. N'allons surtout pas jusqu'à ce point de critique : j'ai tort. Or, si l'on cogite, qu'est-ce qu'un homme qui a tort ? Qu'est-ce qui fait que culturellement un homme a tort ? Car, vous en avez conscience tout comme moi, il ne s'agit que du problème de la culture (comment l'homme occidental considère le bouddhiste ?). Ou plutôt, soyons clair, les « lois » qui régissent le bouddhisme ? Qui a tort ? Qui est le plus objectif ? Qui se rapproche le plus du Tout ? On en revient à la question du suicide : ou plutôt quelle partie en nous-mêmes souhaitons-nous exfolier ? Car, mais je l'ai déjà dit, la question est incomplète dans Le Mythe de Sisyphe. On ne suicide pas l'entièreté de son existant. On en supprime une filandre. Le suicidé n'a pas un cancer généralisé, il a une tumeur localisée. Le tort peut représenter cette filandre, cette tumeur localisée. De même : l'illusion du tort. Le suicidé, pour ce cas bien précis, suicide le tort mais non pas l'entièreté de son être. C'est-à-dire que le suicide n'est qu'une abolition d'un élément interne ou externe de notre individualité et de cette façon ne signifie pas la globalité. Qui a tort ? L'homme au bec de lièvre ? L'ignorant ? Le religieux ? L'incapable ? Qui est susceptible d'avoir la plus grande partie néfaste à exfolier ? Qui est le plus susceptible d'affirmer : « La vie ne mérite pas d'être vécue... » ? La philosophie fait fi de l'individualisé. Nous savons donc extrapoler : que valent les parties d'une culture ? et par là même d'un continent et même d'une planète, d'une galaxie, d'une constellation ? Quelles parties faut-il aménager, guérir, sauver ? Toute la réfutation de la première phrase du Mythe de Sisyphe se trouve précédemment, à savoir quelle partie de cette phrase il faudrait modifier et, voire, raturer. Nous le savons, et c'est bien vrai, la philosophie ne sert à rien, en tout cas n'a rien inventé depuis l'antiquité. À la date du XXX, je me mets en terrasse et je bois une grenadine (il y a un peu trop de sirop à mon goût). Je demande un cendrier. Je croise mes jambes. Je tente de sourire au soleil. Tout cela semble assez commun mais est plus dialectique qu'il n'y paraît. C'est une dialectique de la négation : je nie mon studio, je nie ma solitude, je nie ma thèse, je nie l'université, je nie l'ennui, je nie l'effort ou le passif, etc. Ma grenadine est ma sélection. Ma clope est ma loi morale. Mon abattement est mon éternel retour. Il y a quelques voitures qui passent. Des nuages volages. Aujourd'hui, c'est le marché aux fleurs sur la grand-place. Je fume et c'est l'une des parties à exfolier. Aucune culpabilité : c'est le non-agir des bouddhistes. Mais oui, je me projette dans l'avenir ; mais non précisément. À la date du XXX, j'ai été m'acheter des vêtements (deux pantalons et un pull, un pull bleu). Je suis rentré chez moi et je les ai essayés. Je crois que je les porterai les jours suivants… à la date du XXX, j'ai été chez le coiffeur (je lui ai monologué qu'il devrait redoubler d'effort pour les tours d'oreilles, c'est, selon moi, l'une des choses les plus importantes). Je lui ai donné cinq euros de pourboire. Cette idée de cheveux m'a donné l'envie de me couper les ongles. Et j'oubliais : je devais aussi me raser (mais je décidais de laisser ça pour les jours à venir, trois ou quatre jours plus tard, il faut dire que je m'étais rasé deux jours auparavant). Ensuite, j'ai pris ma deuxième douche de la journée, avec du savon XXX (composé de XXX). Et enfin je me suis brossé les dents. La philosophie n'enlèvera jamais les galons de l'hygiénisme hédoniste. Après, j'ai mis mes lunettes de soleil et je me suis mis en route pour aller boire un verre en terrasse (une bière). Le serveur m'a même demandé comment j'allais, je lui ai répondu : — Avec le temps qu'il fait je n'ai pas à me plaindre. Il a approuvé et il m'a dit qu'il arrivait incessamment avec ma XXX. En attendant, j'ai allumé une cigarette et j'ai croisé mes jambes. La bière était fraîche, et même, je vais vous le dire, j'en ai pris une deuxième, une XXX. Quel serait l'hédonisme rapporté à une simple cigarette et à une simple bière fraîche ? Après (pour le préciser — sans ambages), j'ai commandé un café (crème) et j'ai mangé le biscuit avant de boire la première gorgée. Quel serait l'hédonisme rapporté à une simple cigarette et à un simple café corsé (ou même, si on le désire, un café crème) servi avec un biscuit (ledit biscuit dont la modestie n'enlève rien au plaisir de le manger) ? Ensuite, je suis parti de la terrasse. J'ai marché dans la ville de XXX, avec mon nouveau pull bleu (mais un bleu qui ne faisait pas vieillot, c'est-à-dire un bleu, si vous voyez, un bleu-pâle) et mon nouveau pantalon (auquel j'ai quelques problèmes pour m'y habituer, certainement, me direz-vous, trop étroit). Mes ongles étaient impeccables (j'ai vérifié à maintes reprises). Après, j'ai été à la librairie et j'ai vu un livre vachement intéressant, aux éditions XXX, il s'agissait des lettres de Fernando Pessoa avec une couverture convertible de telle sorte qu'on pouvait l'envoyer par la poste : Pourquoi rêver les rêves des autres. J'étais vraiment heureux. J'ai descendu l'avenue XXX, tout en feuilletant le petit livre, et je suis retourné en terrasse (mais une différente, avec des coussins sur les chaises). Là j'ai commandé un Pisang et je me suis mis à lire la totalité de la plaquette. J'ai toujours été fasciné par le quantitatif d'un auteur. Paul Valéry, en écrivant quatre heures par jour (paraît-il), a su faire un journal de trente mille pages. Je me suis demandé, en lisant Pessoa, combien de pages il avait pu écrire avec tous ses hétéronymes... Alors, j'ai fini mon Pisang, et je suis retourné à mon studio. Je me suis mis devant la glace et je me suis parlé à moi-même : — Tu es beau ! Comme Kierkegaard le suggère : il faut mettre sa vie sous la détermination du choix. À la date du XXX, je me lève, je bois une tasse de café (sans lait et avec deux sucres), et je décide de prendre ma douche. J'enlève mes vêtements, je fais couler l'eau chaude (tiède), et je pénètre dans une maestria de chutes nordiques. Je commence par me shampouiner avec du XXX (je malaxe peut-être trop, il paraît qu'il faut manœuvrer tout en douceur…), en laissant agir je prends du gel douche XXX, j'en mets sur le gant de toilette, et je me frotte le visage, les oreilles, la nuque, le cou (et j'insiste bien sur le nez car j'ai attrapé un point noir il y a peu…). Je re-malaxe mes cheveux (mi-longs) — c'est un shampoing pour cheveux clairs — et pendant que cela imprègne à nouveau, je commence par me laver le dos. J'utilise une brosse XXX qui me fait un bien fou. Pour l'extrême bas du dos et l'extrême haut du dos, j'utilise le gant de toilette avec de la crème spécifique XXX (la peau du dos étant particulière). Je passe une dernière volée dans mes cheveux et là je rince (mais avant de rincer j'amplifie la chaleur de l'eau, habitude, je le sais, qui n'est pas bonne) — je rince tout en continuant à malaxer. Ensuite (ce qui est important commence à arriver), je passe à l'eau claire mes aisselles et j'attaque les hostilités avec (cette fois) du savon XXX. Ici, la technique est ardue. Il ne faut pas trop appuyer mais il faut bien balader le gant de toilette dans tous les creux.

Le savon pour les aisselles est un savon XXX, spécifique pour cette zone, doux, certes, mais aussi très puissant. Je prends un deuxième gant de toilette et avec celui-ci je lave mes bras (très très important) et je prends environ cinq minutes pour laver mes mains (auxquelles j'appliquerai par la suite de la crème XXX). Ensuite, c'est au tour de la poitrine et du ventre (sans grande conviction). C'est à ce moment qu'il faut y mettre du sien et le plus de temps : les parties intimes. Mais avant, je re-malaxe mes cheveux en les rinçant une deuxième fois. Pour les parties intimes, toutes les parties intimes, j'utilise du gel XXX, que j'applique abondamment (toujours avec de l'eau tiède). Le plus complexe dans la douche de l'homme, ce sont les testicules. Il faut y aller horizontalement et verticalement. Il faut les laver avant de laver le sexe qui, lui, doit être lavé avec un gel différent. En considérant que les testicules de l'homme sont souvent mises à l'épreuve et que c'est une partie de la physiologie qui transpire énormément, cela requiert plus de temps (même) que le sexe (mais les hommes, pendant leur douche, les négligent la plupart du temps…). Je prends un troisième gant de toilette, et c'est ainsi que je lave mon sexe et, bien évidemment, les zones alentours. Pour que le sexe soit bien lavé, le mieux est qu'il soit en érection (je profite de cet instant pour me masturber). Les fesses requièrent un quatrième gant de toilette avec le même gel douche XXX que pour le visage (le gant de toilette est bleu et, comme d'habitude, à usage unique). Cette zone est sous-estimée, je crois, ou surestimée, car, bien sûr, les fesses en elles-mêmes doivent être malaxées assez fortement tandis que l'anus ne doit pas subir une trop forte pression ou de trop rapides passages. Les cuisses et les jambes ne requièrent pas énormément de technicité ou de virtuosité. Mais (c'est sûr), les pieds ont besoin d'un cinquième gant de toilette avec du savon XXX (zone qui est très souvent niée). Et là, je vous assure, qu'il n'est pas de raison pour avoir peur de frotter trop intensément et trop rapidement (il faut désinfecter). Ensuite, et bien, une quinzaine de minutes sous la douche avec de l'eau moins chaude (presque froide), en utilisant un sixième gant de toilette pour peaufiner l'ensemble, ledit gant de toilette aidant au rinçage intégral et méticuleux. J'utilise une serviette XXX pour me sécher que je mets de suite dans la machine à laver. Ensuite, vient le lavabo. Je me lave les dents avec une brosse électronique XXX et du dentifrice rouge XXX. Consécutivement, je fais un bain de bouche avec de L XXX. Les oreilles ne nécessitent pas d'être lavées (je les lave tous les trois ou quatre jours). J'applique de l'eau de marque

XXX sur mon visage que je laisse induire cinq minutes (en rinçant il faut malaxer avec le plus de douceur possible). J'applique de la crème composée de XXX sur mon nez (je vous ai déjà expliqué la problématique des points noirs). Une chose est certaine, c'est qu'il n'est pas bon de le faire : j'épile les quelques poils de mon nez (c'est peut-être même la cause de mes points noirs…). Ensuite, il faut être en possession d'un déodorant de XXX, avec de la XXX, et provenant de XXX (le must est qu'il fasse aussi antiperspirant), avec de telles conditions, il ne faut plus redouter d'en mettre beaucoup (on peut y aller). On peut même, si on en ressent le besoin, en mettre sur le torse (personnellement, j'en mets sur tous mes vêtements). Bon, je ne vais pas rentrer dans les détails, il y a le peigne, le parfum, le coupe-ongles (encore), la crème XXX pour les mains, le déodorant (et antiperspirant) pour les pieds (les semelles anti-transpiration ne suffisant pas dans tous les cas), la laque, et je n'oublie jamais (c'est une petite manie) mes lunettes de soleil que je mets avant de sortir de la salle de bain (je les porte la plupart du temps). Il ne faut surtout pas laver ses linges avec du XXX, mais plutôt avec de la lessive XXX (plus naturel). Ensuite, j'ai été cartographier ma bibliothèque et c'est à ce moment que j'ai pris conscience que les livres de

Kierkegaard faisaient taches (en plus disposés à côté de Poe et de Lovecraft…). Et encore une fois je me suis dit que je ne ferai pas ma thèse (la raison n'est pas uniquement parce qu'elle porte sur ce philosophe). Après, je me suis allongé avec les Poésies de Rimbaud que j'avais déjà lues une cinquantaine de fois, j'ai juste relu (évidemment) Les assis et Le bal des pendus. Mais ensuite, j'ai écouté un audio des œuvres complètes de Rimbaud, sur la plateforme en ligne XXX, mais je me suis seulement rendu compte que je l'avais déjà écouté quelques mois auparavant. Alors (pour découvrir un inédit), je suis tombé sur une lecture audio — chuchotée — des Poésies de la Comète. Et bien, je vous le dis, excellentissime ! Et je connaissais déjà bien la lecture audio chuchotée, sur une autre plateforme, sur la plateforme XXX, les Poésies de Mallarmé y sont bien présentes, et ce sont ces chuchotements qui prodiguent davantage de suggestion et de transparence, vraiment, brillantissime ! Il en faudrait beaucoup pour que je m'en lasse. Ensuite (peut-être par pruderie), j'ai repris un roman de Robert Walser pour me convaincre que je n'étais pas bouffon au royaume des aveugles. Autant sa vie, j'en suis partisan. Mais l'œuvre, l'oiseau déchante. Malgré ceci, j'ai quand même lu une cinquantaine de pages et quelques poèmes sur le net. Ma bibliothèque est modeste et ce serait vanité de dire que c'est parce que la plupart des livres que j'ai lus je les ai empruntés à la bibliothèque communale ; bien que ce dire est des plus véridiques. Or, j'ai dans tous les cas une bonne quantité, livres très éclectiques, encyclopédies chères à mon cœur, anthologies lues et relues, dictionnaires inspectés de fond en combles, traités (pas toujours saisis), poésies (sacrées), romans (la déception est souvent au carrefour), etc. Il faut dire que j'ai peu de Pléiades, ne les achetant que lorsque je suis assez fanatique de l'œuvre pour prendre le temps de l'apprendre par cœur, je dois en avoir une quinzaine… Mais l'époque où j'aimais les Pléiades est révolue. Ma frénésie se porte plutôt à annoter, surligner, encadrer, etc., raison pour laquelle je n'achète plus que des éditions bon marché et en général d'occasion. Bref, après tout ceci, donc à la date du XXX, je suis sorti en prenant avec moi les poésies complètes de Valéry. J'ai été au parc XXX (celui situé à proximité de XXX), avec ma réserve de cigarettes, m'asseoir sur un banc. Dès que ma cigarette était allumée, j'ai directement recommencé la lecture du cimetière marin (Album de premiers vers m'ennuyant fortement). Il ne faut pas croire tout ce qu'on dit… Valéry, oui, est un immense penseur (à défaut d'être

33

philosophe). Aussi, il est une personnalité majeure de l'espace culturel européen. Il faut aussi dire que Monsieur Teste a quelque qualité. Que les Variétés sont comestibles. Oui, nous pouvons dire tout cela (et presque sans hésitation). Or, en poésie, en vers calibrés, nous pouvons tout aussi bien dire que les poèmes réussis peuvent se compter sur les doigts des deux mains, et oui. C'est, certes, malencontreux (surtout que c'est bien ici l'un de mes poètes de prédilection), mais l'on regrette très rapidement de ne pas avoir eu Verlaine comme poète-bible (même si les spécialistes s'accordent (donc objectivement) sur un tiers de ses poèmes présentables). Et c'est précisément là qu'il faut pointer le doigt : Le cimetière marin. Pour ma part, je le considère comme ce qu'a fait de plus abouti Valéry, individualisé, systématiquement hypnotique et envoûtant. C'est (non va sans dire) un chef-d'œuvre (quoique c'est là un jugement boursouflé…) (mais aussi peut-être Le chef-d'œuvre poétique du 20ème siècle). Alors, je l'ai relu six ou sept fois, ignorant les maladresses, et j'ai subitement eu l'envie de (moi aussi) écrire de cette manière. J'ai soudain comparé toutes mes études de philosophie à cette unique échelle syllabique. Quelle n'a pas été ma surprise en ayant comme pensée que cet objet surpassait à lui seul sept années de cursus de philosophie. Car (vous pourrez le constater par vous-même), ce poème (qui est à la limite d'être un poème), contient dans son existant métrique plus de philosophie qu'il n'y en a dans des centaines d'ouvrages conceptuels. Alors, pour être clair, ce poème est tout d'abord un poème existentialiste. On peut se demander si Proust aurait pu l'écrire (mais passons) — Proust est assez maladroit en poésie. L'introspection est telle qu'il n'y en a guère davantage dans n'importe quelle philosophie. La rigueur (car, non, ce serait trop insipide : tout ne se vaut pas) et la tenue littéraire n'a rien à envier ni aux matheux et surtout pas aux philosophes. Alors ? Vingt sizains valent vingt mille pages de traités et de précis ? C'est l'un des pouvoirs de la poésie dont les auteurs sont les démiurges d'ici ou même d'ailleurs. Donc, à la date du XXX, j'ai eu (mais cela fermentait) une révélation. Ma thèse n'était qu'un substrat évanescent (et comparativement à l'art poétique) d'académisme malséant. Mon constat me faisait perdre sept années (mais il est vrai pas entièrement) mais m'allouait l'éternité (l'illusion de l'éternité étant déjà, intrinsèquement, celle-là…). J'avais seulement pris conscience que cet art poétique réunissait presque tous les arts, dont, évidemment, la philosophie (eût-elle été un art qu'elle aurait sûrement surpassé la poésie). Tout ceci vous semble très certainement bien naïf. Mais, d'année en année, la comparaison affective et intellective n'est pas si évidente que cela. Je peux vous dire, dès à présent, à la date du XXX, que ma thèse sur Kierkegaard ne sera. Il n'émane de moi aucun esprit d'échec. Peut-être est-ce quand nous trouvons une sphère plus malléable ou suggestive (et même transfigurable) que nous prenons conscience que ce qui est figé n'a aucun lien avec l'existentialisme, que ce qui est monté en épingle désire (sûrement) d'autant plus surprendre qu'il devient son propre couperet. Et c'est ainsi, comme nous tous pouvons le voir, qu'il y a d'autant plus de philosophie chez Rimbaud qu'il n'y en a chez le philosophe le plus poétique. Et ce n'est pas moi, Stanislas Pétrovitch, qui me réjouirais de paraphraser des objectivités, prétendant leurs contraires ou leur véracité, faisant des jeux de concepts ou blablatant sur le moi et le désespoir. L'unique thèse probante de Kierkegaard est de n'en faire, non seulement pour ne pas lui donner tort, mais aussi pour concrétiser le fait que l'on ait saisi sa pensée. Les pages de cette thèse c'est la vie. Le titre de philosophe ne s'achète pas en conceptualisant des prétextes à la liberté. À la date XXX, je fais mon jogging de nuit en longeant les boulevards, etc., mais avant ça, au matin, je mange une tartine au beurre et à la confiture (de cerise avec des morceaux quantitativement respectables), je bois trois ou quatre tasses de café corsé, et je termine par un jus d'oranges pressés (quelque peu bios). Je lis le livre de Bertrand Marchal, La religion de Mallarmé, livre sans précédent mis à part le livre d'Albert Thibaudet ; à savourer goûte à goûte ; je pends d'innombrables notes que je croise avec les autres essais consacrés à Mallarmé ; je pense, sans en être certain, que je suis dans mon élément. Ensuite, je relis les Poésies du maître en envisageant d'apprendre par cœur les poèmes ; la diction à voix haute est tendanciellement plus introspective et énergique. Après ça, et bien je lis les proses de Mallarmé, subvocalisant à l'extrême (comme elles se doivent d'être lues). Je passe une heure allongé sur mon lit, fumant une cigarette de temps en temps, je me suis acheté deux bières (je les bois en trois ou quatre heures), et soudain, pris d'une baisse de tension immense, d'un malaise anxieux, de nausée ; je note dans l'un de mes cahiers : « Deviens ce que tu es. ».

FIN DU PREMIER TOME